Le collier de perles

Régine Deforges

Le collier de perles

Albin Michel

À Vanda

1

– Perle !... Perleee !... Perleeeee !...

Le *e* roula longtemps dans la campagne, rebondissant d'arbres en haies, de haies aux toits de la bergerie, de la bergerie au moulin pour se perdre dans le bruit de l'eau entraînant la roue du moulin.

Perle aimait s'y réfugier pour échapper aux criailleries de ses cousins et aux gronderies de sa grand-mère, inquiète des escapades de sa petite-fille qui ressemblait plus, selon elle, à une bohémienne qu'à une enfant de la ville. Perle n'en avait cure : elle venait de découvrir la liberté, le vent dans ses cheveux, les griffures des épis de blé, la douceur de la mousse sous le vieux chêne, la caresse de l'eau de la rivière sur son corps nu, la saveur des pêches de vigne et celle puissante des cabécous d'Etienne, le berger que l'on disait un peu simple mais qui n'avait pas son pareil pour fabriquer une flûte, tresser un panier avec l'osier, poser des collets, trouver les champignons, pêcher la truite... Et puis, Etienne connaissait les étoiles, il les appelait par leur nom ; c'étaient ses amies.

Au début des vacances, grand-mère avait vu d'un mauvais œil les relations entre Perle et le berger. Elle s'était rappelé ensuite qu'à l'âge de la petite elle aussi aimait courir les bois et les champs en sa compagnie. Comme cela lui semblait loin ! Etienne était alors un beau gars qui faisait tourner la tête de bien des filles de la région comme il faisait tourner la sienne, les soirs d'été. Grand-mère, allongée sur son lit de repos protégé des insectes par une blanche moustiquaire, poussa un soupir. Son cœur battit plus fort, ses poings se serrèrent, son ventre frémit... Que revienne le bel été, elle ne serait pas assez sotte pour laisser échapper l'étreinte du jeune homme ! Que n'avait-elle vécu maintenant où chacune faisait l'amour avec qui elle voulait ! De son temps, on ne se conduisait pas ainsi !

Perle regardait l'aïeule qui s'était assoupie : qu'elle était belle dans sa robe de lin blanc malgré ses cheveux gris ! Les deux rangs de son collier de perles avaient glissé sur le côté. La petite remarqua une larme, qui coulait le long de la tempe où battait une veine bleue, descendit sur la joue jusqu'au menton et glissa sur le cou. Grand-mère avait du chagrin et, cependant, elle souriait dans son sommeil. Les grandes personnes sont imprévisibles, pensa Perle qui, rassurée, quitta l'ombre et s'élança dans le soleil dont l'incandescence faisait vibrer l'air. La chaleur était si intense qu'elle avait l'impression qu'elle allait s'enflammer sous son chapeau de paille. De petits papillons voletaient devant ses yeux que ses paupières ne parvenaient pas à protéger. La brûlure était telle qu'elle atteignait ses poumons : elle devint flamme.

La fraîcheur de l'eau éteignit le feu qui la rongeait. Elle ouvrit les yeux. Ceux d'Etienne la regardaient, inquiets.

– Encore un peu et c'était l'insolation. Je t'ai déjà dit de ne pas te mettre au soleil en plein midi !

– Ne me gronde pas, Etienne, c'était plus fort que moi.

Le berger avait retiré son chapeau informe et décoloré et éventait sa jeune amie qui éclata de rire.

– Je ne vois pas ce qu'il y a de drôle !

– Ta figure...

– Quoi, ma figure ?

– Elle est moitié blanche, moitié bronzée. On dirait qu'elle est coupée en deux. Tu devrais mettre ton crâne à l'air de temps en temps.

Etienne haussa les épaules sans cesser d'éventer la fillette qui s'endormit brusquement. L'homme s'adossa à l'arbre sous lequel il avait étendu Perle, sortit sa blague à tabac, roula entre ses doigts une cigarette qu'il alluma avec un antique briquet. L'odeur de l'âcre fumée bleue éloigna celle de l'essence. Etourdies de chaleur, les cigales avaient presque cessé leurs stridulations. Tout dans la nature était comme arrêté, immobile sous le ciel blanc : pas un souffle d'air. La langue du chien pendait hors de sa gueule. Des aisselles mouillées du berger montait un parfum animal. « Je pue », pensa-t-il. Il retira sa chemise et essuya son torse encore puissant à la toison grisonnante. Tout à l'heure, il plongerait dans la rivière. Il roula sa chemise sous sa tête et s'endormit à son tour. Un jappement du chien le réveilla, la lumière avait changé, mais la chaleur était toujours forte. Etienne passa ses doigts dans sa tignasse poivre et sel, sortit une chopine de piquette de sa musette et but à la régalade. Comme il allait ranger la bouteille, il entendit une petite voix :

– Moi aussi, j'ai soif !

Il l'aida à boire, mais elle avala de travers, s'étrangla et toussa. Il lui tapa dans le dos.

– Je n'arrive pas à boire comme toi, fit-elle entre deux hoquets. Comment fais-tu ?

– Je t'apprendrai. Lève-toi, on va à la rivière.

Perle sauta sur ses pieds, rajusta ses sandales, posa son chapeau sur sa tête et s'élança en criant :

– On fait la course ?...

Le chien, lui, ne se fit pas prier et gambada autour de ses jambes nues. Etienne avait remis son chapeau, passé sa musette à l'épaule et ramassé son bâton. De son pas lent, il marchait à leur suite. Devant lui, la silhouette dansante de Perle et celle sautillante du chien devenaient minuscules puis elles disparurent derrière un repli du terrain. La sueur coulait le long du torse du berger. Des aboiements et des cris lui parvinrent : il accéléra le pas. La fillette avait enlevé sa robe de toile et ses sandales. Son corps bronzé faisait ressortir la blancheur de sa culotte. Elle courut vers l'eau les bras en croix en criant. Le chien, après une courte hésitation, la rejoignit.

– Viens, elle est bonne !

Etienne prenait son temps. Il regardait l'enfant et l'animal s'ébrouer sur le sable de la rivière. L'eau tombant de la roue du moulin scintillait. Lentement, il retira ses vêtements et ses espadrilles qui n'avaient plus de forme. Un slip kaki, comme ceux que portent les militaires, moulait ses hanches étroites. Il frotta du pied ses jambes maigres et blanches. Il s'avança dans l'eau avec précaution, mouilla sa nuque et sa poitrine. Encore quelques pas et il perdit pied. A cet endroit, l'eau était calme comme celle d'un lac. Après, ce serait le bouillonnement de l'écluse dans laquelle s'agitait Perle. Prudent, le chien était remonté sur la rive. Il aboyait, mais le bruit de l'eau ne permettait pas de l'entendre.

En quelques brasses, l'homme s'approcha de Perle dont les cheveux mouillés formaient un casque brun. Ainsi, elle ressemblait à sa grand-mère. Cette ressemblance serra le cœur d'Etienne qui n'avait pas oublié ce soir d'été où il l'avait serrée dans ses bras. C'était il y avait si longtemps ! Durant des jours et des jours, il avait cru avoir rêvé : la demoiselle presque nue contre sa poitrine, lui, pauvre berger ne sachant ni lire ni écrire, que l'on avait gardé par charité à la mort de son père. De ce père, rude et ivre la plupart du temps, il n'avait gardé que le souvenir d'un ivrogne qui le battait quand il avait trop bu. De sa mère, il ne savait rien, si ce n'est que c'était, au dire de son père, une traînée qui l'avait abandonné. Plus tard, il avait appris qu'elle s'était jetée dans un puits par désespoir. Il ne possédait qu'une photographie déchirée de sa mère où on la voyait en robe de mariée, couronnée de fleurs d'oranger, si jeune, les joues arrondies encore par l'enfance, le regard mélancolique. Pendant longtemps Etienne, incapable d'imaginer qu'elle puisse être sa mère, avait considéré cette mariée comme sa sœur.

Jusqu'au jour où une vieille femme, qui

venait aider à la ferme lors des travaux d'été, lui avait parlé d'elle.

– C'était la plus belle fille du canton. Tous les gars voulaient la marier, mais elle n'avait d'yeux que pour ce mauvais garçon de Lucien, ton père. Il faut dire qu'il n'avait pas son pareil pour la valse. Un soir de la Saint-Jean, après le bal, elle n'est pas rentrée. On les a découverts endormis, nus et enlacés dans le foin de la cabane de mes parents. Devant le scandale, ils se sont mariés et toi, tu naissais neuf mois plus tard. Mais le bon Dieu ne devait pas être content de cette union. Ton père s'est mis à boire et ta mère, la Sainte Vierge lui pardonne, à aguicher les hommes sans souci de sa réputation et de son état. Les plus sages lui faisaient la morale, mais le bruit courait que d'autres en profitaient. C'était mon amie et je peux te jurer que ce n'était pas vrai. La pauvre petite m'a avoué en pleurant que, dès le lendemain des noces, son homme la battait. Elle se sentait devenir folle, disait-elle. Après ta naissance, les coups ont redoublé. C'est sans doute pour y échapper qu'elle s'est jetée dans le puits. A ses funérailles, les femmes du pays sont venues nombreuses et, sans s'être donné le mot, ont jeté des fleurs blanches sur son cercueil. Ton père, saoul comme à son habitude, s'est précipité dans la fosse en hurlant à la mort. Nous avions tous la chair de poule. Il n'a pas fallu moins de six hommes pour le hisser hors du trou. Le lendemain, il a tenté de se pendre à la branche du noyer. Mais celle-ci s'est cassée. De sa tentative de suicide, il est resté le cou tordu. C'était pitié de le voir aller le visage tourné vers le ciel comme pour appeler à l'aide ou demander pardon. Cinq ans plus tard, il se tirait une balle dans la tête avec son fusil et rejoignait ta mère. Tu dois t'en souvenir, c'est toi qui l'as trouvé, baignant dans son sang, mais le visage si serein que tu as cru qu'il dormait. Pendant des mois, des années, tu as refusé de parler. A l'école, tu restais au fond de la classe, le regard absent. Le maître, pour t'occuper, t'a donné du papier et des crayons de couleur et tu t'es mis à dessiner. Tes dessins surprenaient quand ils n'effrayaient pas : on aurait dit des revenants, des monstres sortis de l'enfer, dansant la sarabande. Le maître disait que c'était « surréaliste », je ne sais pas ce qu'il entendait par là mais je peux te dire qu'aucun de tes camarades ne dessinait des choses pareilles. Un jour, tu devais avoir douze ou treize ans, tu as commencé à parler. Heureux, le maître a essayé de t'apprendre à lire après ses heures d'étude, sans succès. Peu à peu, tes dessins ont changé, sont devenus lumineux. Là où, autrefois, il y avait des ténèbres, tu mettais des fleurs et du soleil. C'est à ce moment-là que le maire t'a offert des toiles et de la peinture. Tu t'es mis à faire les portraits des gens du village. Tous n'étaient pas contents du résultat, ainsi le maire disait qu'il n'avait pas le teint aussi rouge, ce qui était faux. J'aime bien celui que tu as fait de moi. Mon mari dit que tu as peint mon âme. Tu te souviens de ces Parisiens qui tous ont voulu leur portrait et qui souhaitaient exposer tes œuvres, comme ils disaient, à Paris ? Tu aurais peut-être dû accepter, tu serais aujourd'hui un peintre célèbre. Pourquoi as-tu abandonné tes pinceaux ? Cela t'a pris du jour au lendemain. C'est dommage !

Ce n'était pas vrai qu'il ne peignait plus, mais il peignait en cachette. Pour acheter du matériel, il n'allait pas dans la ville voisine où certains le connaissaient, mais à Toulouse. Là, dans la Ville rose, il se sentait libre. Pour plus de sûreté, il n'allait pas deux fois de suite chez le même marchand. Il revenait le soir, à la nuit tombée, dans sa vieille guimbarde remplie d'une vingtaine de toiles, toutes du même format, qu'il transportait dans sa maison de pierres sèches, tel un voleur. Depuis plus de trente ans, il ne peignait que des nus dans des positions parfois obscènes. Il avait remarqué que c'était aux alentours de la Saint-Jean, quand les nuits étaient le plus courtes, quand le sommeil ne venait pas, qu'il éprouvait le besoin irrésistible de représenter des femmes au ventre offert et aux seins tendus. Nu, il se jetait sur une toile vierge et à grands coups de fusain dessinait une croupe, une vulve. Souvent sa semence éclaboussait la toile. Il se laissait alors tomber sur sa couche aux draps froissés et s'endormait d'un sommeil de brute. A l'aube, il recouvrait la toile, allait tirer l'eau au puits, faisait sa toilette, allumait une cigarette et s'habillait. Il fermait sa porte à clef, enfourchait sa bicyclette rouillée et s'en allait boire un café au bistrot du village. Le soir, après s'être occupé de ses bêtes, assis devant la maison, le dos appuyé à la pierre chaude, il fumait en regardant les étoiles s'allumer une à une. Quand la nuit était totale, il rentrait, découvrait la toile et reprenait ou effaçait son travail de la veille. Pendant ces courtes nuits, il peignait deux toiles, jamais plus, qui allaient rejoindre celles des années précédentes.

Lorsque Perle était arrivée, il n'avait pas touché un pinceau. Ses nuits étaient calmes ; jamais il n'avait aussi bien dormi. Cependant, depuis quelques jours, il voyait le visage de l'enfant en rêve. Il savait, d'expérience, qu'il avait envie de le peindre. Pour l'heure, la fillette et lui faisaient la course pour rejoindre l'îlot, au milieu de la rivière. Il laissa Perle atteindre la première le sable de la petite plage.

– J'ai gagné, s'écria-t-elle en sautant sur place, froissant de ses pieds la menthe sauvage.

Le parfum épicé se répandit. Etienne s'en emplit les narines.

Autrefois, il y avait sur l'îlot une bâtisse aujourd'hui écroulée, dans les ruines de laquelle s'enroulait un chèvrefeuille lui aussi odorant. La fillette arracha de longues lianes et tressa des couronnes. Elle en posa une sur la tête de son ami. Elle se recula pour mieux juger du résultat.

– Tu ressembles à un faune, dit-elle.

– Qu'est-ce que c'est ?

– Je n'ai pas très bien compris : c'est, je crois, un dieu qui a des oreilles pointues, le corps velu, des cornes et des pieds de chèvre.

– C'est comme ça que tu me vois ?

– Non, évidemment, fit-elle en haussant les épaules.

A son tour, elle posa une couronne sur ses cheveux et entreprit de se faire une jupe avec les lianes restantes. Le berger la contemplait ; c'était ainsi qu'il allait la peindre, en fée des eaux.

– Toi aussi, tu as l'air d'un faune.

– Faunesse, il faut dire faunesse : je suis une fille.

Va pour faunesse, puisque faunesse il y a.

Il s'allongea sur le sable en mâchonnant un jonc, les pieds dans l'eau, rêvant au portrait qu'il allait peindre. Ses paupières s'alourdirent.

Un bref aboiement l'arracha à sa rêverie : le chien reculait devant l'étrange animal qui se dressait devant lui et le regardait avec de méchants yeux noirs. Un héron cendré ! C'était rare, ces volatiles étant plutôt d'un naturel méfiant. Le héron, indifférent, continuait à fouiller la vase de son long bec au pied d'un bouquet de roseaux. Il en ressortit un poisson argenté qui frétilla mais n'échappa pas à sa gloutonnerie.

Soudain, la surface de l'eau frissonna, des poissons sautaient sous l'œil étonné du chien et celui, intéressé, du héron ; le vent se levait, faisant voleter des brins d'herbe, dans le lointain, le ciel s'obscurcit : on entendit un vague grondement.

– Il faut rentrer, l'orage menace, dit Etienne en sifflant le chien.

Arrivés sur la rive, à peine étaient-ils rhabillés que de grosses gouttes de pluie commencèrent à tomber. Un éclair déchira le ciel maintenant d'un noir de suie. Le chien s'aplatit sur le sol en gémissant. Un formidable coup de tonnerre fit sursauter Perle qui s'agrippa à la main d'Etienne.

– Vite, allons nous abriter au moulin, ordonna le berger.

Il faisait chaud et très sombre à l'intérieur. L'air sentait la poussière et le grain moulu. Etienne, qui connaissait bien les lieux, alluma une lampe-tempête accrochée près de la porte ; sa lumière jaune rassura la fillette. La pluie fouettait la rivière, s'abattait avec violence sur les toits : l'eau dégoulinait le long des vitres sales des étroites fenêtres.

Perle, assise sur un tas de blé, s'amusait à y plonger ses bras puis à faire couler des grains entre ses doigts. Etienne fumait une cigarette, le regard perdu : il pensait au portrait qu'il ferait de sa petite amie. Le chien s'était blotti contre lui. Par moments, un éclair illuminait la pièce d'une lueur blanche, suivi d'un coup de tonnerre. Peu à peu, l'orage s'éloigna comme à regret, grondant encore un peu. La pluie cessa. Etienne ouvrit la porte : toutes les senteurs s'engouffrèrent dans le moulin, une débauche de parfums végétaux et animaux. Les narines de l'enfant, de l'homme et du chien s'écartaient pour mieux capter ces effluves ravivés par la pluie. Un arc-en-ciel enjamba la rivière.

– Allons chercher le trésor, proposa Etienne.

Perle, qui connaissait la légende selon laquelle un trésor était enfoui au pied de l'arc, acquiesça avec joie. Ils partirent à travers champs dans les vapeurs montant du sol. Les derniers nuages disparurent, le ciel parut plus lumineux, comme lavé.

La chaleur tombée, l'air semblait une caresse embaumée. A mesure qu'ils avançaient, l'écharpe de la déesse s'éloignait, pâlissait et disparaissait.

– Ce n'est pas encore aujourd'hui qu'on va

trouver le trésor, constata Perle d'un ton dépité.

– Ce sera pour une autre fois. L'important, c'est de chercher. Dès que l'on a trouvé, ce n'est plus intéressant.

– Tu crois ?

– J'en suis sûr.

Ils marchaient en silence, le chien sur les talons.

– Perleeee...

– C'est ta grand-mère, dépêchons-nous, elle va encore nous gronder.

Ce soir-là, grand-mère ne gronda pas. Au contraire, elle invita Etienne à dîner. Comme celui-ci refusait, disant que ses vêtements n'étaient pas propres, qu'il devait rentrer pour s'occuper de ses bêtes, grand-mère et Perle insistèrent si bien qu'il finit par accepter et promettre de revenir après être passé chez lui.

– Monte prendre un bain et n'oublie pas de te coiffer, tu as l'air d'une sauvage, dit grand-mère avec le ton grondeur que démentait son sourire.

Perle, heureuse de s'en tirer à si bon compte, obéit sans rechigner. Quand elle revint, vêtue d'une jolie robe, les cheveux bien peignés, grand-mère la contempla avec une telle expression de tendresse que la fillette se jeta dans ses bras. La vieille femme reçut le petit corps avec bonheur et déposa des baisers sur les cheveux humides. Longtemps elles restèrent ainsi enlacées. A l'horizon, le soleil se couchait dans un rougeoiement de fin du monde.

– Aide-moi à mettre le couvert, ma chérie.

– Bien sûr, grand-mère.

Elles dressèrent la table sous la tonnelle où

pendaient des glycines. Elles disposèrent les photophores et allumèrent les bougies parfumées à la citronnelle dont le parfum éloigne les moustiques. Perle redressa les coussins du fauteuil de grand-mère, approcha le siège de la table sur laquelle elle posa le seau rempli de glaçons où rafraîchissait une bouteille de vin blanc. Un aboiement : c'était le chien de leur hôte qui s'avançait, précédé par des fragrances de lavande. Perle eut du mal à reconnaître l'homme qui venait vers elles, élégant dans son costume de lin beige.

Le berger s'était rasé, avait discipliné ses cheveux. Il tendit à grand-mère un bouquet de roses. Perle reconnut celles qui poussaient le long de la façade de sa maison.

L'aïeule plongea son nez dans les fleurs odorantes ; il sembla à Perle qu'elle rougissait.

Chacun s'assit, grand-mère demanda à Etienne de servir le vin.

– Un doigt pour la petite.

Au début, les convives mangèrent dans un silence rempli par le chant des cigales tandis que une à une s'allumaient les étoiles.

– Etienne, dis-moi le nom des constellations ?

– Celle-là, tu la connais, c'est l'étoile du Berger, celle-ci c'est Sirius, l'étoile du Grand Chien, là c'est la nébuleuse d'Orion avec Bételgeuse et Rigel, là c'est Pollux...

– Oh, une étoile filante ! s'écria Perle en pointant le doigt.

– Peignez-vous toujours ? demanda grand-mère.

Etienne hésita avant de répondre :

– Non, pas depuis quelque temps.

– C'est dommage, je voulais vous passer une commande.

– Une commande ?

– Oui, j'aimerais que vous fassiez le portrait de Perle.

Le cœur du berger battit plus vite ; lui qui se demandait comment il allait exprimer son désir de peindre la petite !

– Qu'en pensez-vous ?

– Je peux essayer si cela vous fait plaisir.

Grand-mère baissa les yeux, tritura son collier de perles, but un peu de vin.

– J'ai toujours le portrait que vous aviez fait de moi.

Encore une fois il sembla à Perle que grand-mère avait rougi. Mais... Etienne aussi devenait rouge, comme s'il avait couru. Sans doute s'en aperçurent-ils : ils se regardèrent avec un sourire indulgent.

– Quels vieux fous nous sommes ! fit grand-mère avec un rire de petite fille.

Le berger en rougit de plus belle et plongea

son nez dans son verre pour se donner une contenance.

– Votre verre est vide, Etienne. Servez-vous et donnez-m'en un peu. Pas tant !... Je vais être ivre !

Machinalement, il remplit son verre et celui de Perle. Le dîner se poursuivit dans la douceur du soir. Cependant la femme aux cheveux gris frissonnait. L'enfant le remarqua.

– Je vais chercher ton châle, grand-mère.

– Merci, ma chérie. Apporte aussi le plateau avec le café et la verveine.

Deux étoiles traversèrent le ciel.

– Il fut un temps où, à chaque étoile filante, je faisais un vœu, murmura la femme.

L'homme la regarda, il sentit son cœur s'emballer dans sa poitrine. Comme elle était belle ! La lueur des bougies colorait son teint de rose. Il repensa à une certaine nuit... Contre son ventre, son sexe durcit. Il fouilla dans sa poche à la recherche de sa blague à tabac.

– Je peux ? demanda-t-il.

– Bien sûr, répondit-elle doucement.

Perle revint avec le plateau et le châle. Avant de servir le café, grand-mère s'enveloppa, frileuse, dans la légère laine blanche.

– Voulez-vous un alcool ? demanda-t-elle.

– Je vais chercher l'eau-de-vie de grand-père, déclara Perle.

Les yeux mi-clos, Etienne fumait et buvait son café à petites gorgées. En face de lui, la femme le regardait et le trouvait beau. Cette pensée la mit mal à l'aise. Vieille sotte, se dit-elle, tu n'aurais pas dû boire du vin. Mais que faisait cette petite ?

– Encore un peu de café ?

– Avec plaisir, j'en bois pas souvent d'aussi bon.

Il lui tendit la tasse, leurs mains s'effleurèrent ; une lame de plaisir les inonda. La surprise suspendit leur geste. Ils restèrent immobiles à s'observer, les lèvres entrouvertes. Etienne se reprit le premier et posa la tasse. Grand-mère le servit.

– Attention, grand-mère, ça déborde !

– Quelle maladroite je fais ! Excusez-moi, Etienne. Je vais vous donner une autre tasse.

– Ce n'est pas la peine.

Perle s'était assise et regardait ces deux êtres qu'elle aimait tant et qu'elle ne reconnaissait pas. Elle les trouvait beaux et jeunes : ils ressemblaient aux amoureux des vieux films que grand-mère aimait à regarder à la télévision. La fillette avala la dernière goutte de vin de son verre. Ses yeux se fermèrent ; elle s'endormit. Etienne la porta sur le lit de repos et la recouvrit d'une fine couverture.

L'homme revint s'asseoir auprès de la

femme. Ensemble, ils contemplèrent l'enfant endormie.

– Comme elle est belle ! chuchota l'aïeule.

– Presque autant que vous.

– Il y a si longtemps !

– Il me semble que c'était hier.

– Hier...

La main fine et ridée s'était posée sur celle forte et calleuse de l'homme qui, de son autre main, la retourna. Il effleura le creux de la paume d'un baiser. Au doux contact, la femme trembla, ses narines s'entrouvrirent, ses cuisses se serrèrent, sa tête s'inclina sur l'épaule du berger. Ils restèrent ainsi un long moment. Elle enfouit son visage dans le creux du cou et se laissa envelopper par l'odeur de l'homme. Les perles se mélangèrent aux poils de la toison. Ses doigts fouillèrent sous la chemise et caressèrent le torse. Il gémit. Ses lèvres cherchèrent celles de la femme. Leur baiser fut brutal, leurs dents s'entrechoquèrent, leurs langues se mêlèrent. Il la releva : elle était presque aussi grande que lui. Ils se frottaient l'un contre l'autre avec un balancement qui les étourdissait. Il empoigna les seins qui autrefois emplissaient sa main. Les tétons étaient menus, mais leur pointe se dressa sous le pincement. La tension de son sexe était telle qu'elle en était douloureuse. Il n'en pouvait plus, il libéra son membre qui se dressait vers la femme. Elle le prit et, sans le lâcher, s'en alla vers la maison.

Seule une lampe éclairait la chambre. Dans la semi-pénombre, la blancheur du lit éclatait. L'homme arracha ses vêtements ; la femme aussi : elle ne garda que ses perles. Ils étaient debout, nus l'un devant l'autre, éblouis. Il tendit les bras, elle s'y blottit, confiante. Il l'allongea sur le lit, promena ses lèvres sur tout son corps, écarta ses cuisses, ouvrit son sexe qu'il lécha à petits coups, puis s'enfonça en elle doucement, profondément. Ils jouirent dans un même cri.

Il faisait presque jour quand ils émergèrent d'un sommeil bienheureux. Ils refirent l'amour, bouleversés. Elle se rendormit dans ses bras. Tendrement, il se dégagea et regarda cette femme dont il avait rêvé chaque nuit durant cinquante ans. Cinquante ans ! Comment était-ce possible ? Il avait connu d'autres femmes, elle avait été mariée, avait mis des enfants au monde et ce désir, né au cours d'une nuit de Saint-Jean, ne s'était pas éteint, ils l'avaient retrouvé, intact, renforcé par les années écoulées. La vie réserve de ces surprises ! Il se leva et alla dans la salle de bain.

Dehors, le soleil montait dans le ciel : la journée s'annonçait belle. Il s'étira. Son chien le flaira en remuant la queue. L'enfant dormait toujours. Il siffla son chien et s'en alla de son pas lent d'homme de la terre.

Maintenant, Etienne dînait chaque soir entre Perle et sa grand-mère que la petite fille trouvait de jour en jour plus belle. Le berger avait commencé plusieurs portraits : Perle au chèvrefeuille, Perle endormie au bord de la rivière, Perle couronnée d'épis de blé et de coquelicots, Perle avec ou sans chapeau, cheveux défaits ou relevés, en chemise de nuit ou nue, souriante ou boudeuse. Grand-mère aimait beaucoup le tableau qui la représentait flottant au fil du courant, ses cheveux emmêlés aux herbes aquatiques qui semblaient vouloir la retenir. La blancheur du corps irradiait dans la transparence de l'eau. En cachette, Etienne avait aussi peint sa bien-aimée telle que la voyait son cœur. Les jours raccourcissaient, les soirées étaient fraîches : grand-mère allumait des feux dans la cheminée. Depuis quelque temps, il y avait comme un voile de tristesse dans ses yeux. Perle le fit remarquer à son ami.

– Je sais, fit-il, laconique.

– C'est parce que les vacances sont bientôt finies ?

– Sans doute. La maison sera triste sans toi.

– Mais tu continueras à venir dîner avec grand-mère quand je ne serai plus là. Elle a l'air si heureux depuis que tu viens. Tu me le promets ?

Un matin, la voiture du docteur Moreau s'arrêta dans la cour.

– C'est par là, docteur, dit Etienne en indiquant la chambre de grand-mère.

Un grand froid s'empara de Perle qui attendait que le berger dise quelque chose. Il avait les yeux rouges, comme s'il avait pleuré.

– Qu'est-ce qu'elle a, grand-mère ?

Il haussa les épaules sans répondre. Quand le médecin sortit de la chambre, il se précipita :

– Alors ?

Le docteur Moreau eut un geste fataliste.

– Vous savez, à son âge !

– Quoi, à son âge ? gronda-t-il.

– Le cœur est fragile... Il lui faut du repos, beaucoup de repos, pas d'émotions. Vous me comprenez ?

– Non, grogna Etienne.

– Voici une ordonnance. Faites venir une infirmière, je reviendrai demain.

Etienne prit l'ordonnance sans avoir l'air de comprendre : il avait vieilli d'un coup.

– Réagissez, mon vieux. Si elle se ménage,

elle pourra vivre encore quelque temps. Sinon... Nous y passerons tous, vous savez ?

Le con, pensa Etienne qui retint une envie d'étrangler ce type incapable de guérir sa bien-aimée. Un sanglot lui rendit ses esprits. Perle s'était recroquevillée dans le fauteuil et pleurait à petit bruit. Il la prit dans ses bras, la berça, lui dit des mots tendres.

– N'aie pas peur, je suis là, ce n'est rien.

Les larmes cessèrent.

– Je peux aller l'embrasser ?

– Attends, je vais voir.

Grand-mère paraissait perdue dans le grand lit, si menue, si pâle. Elle entrouvrit les yeux.

– C'est toi ?

– Oui, ne parle pas, cela te fatigue, dit-il en s'asseyant près d'elle.

– Qu'a dit le médecin ?

– Qu'il fallait que tu te ménages.

Elle eut un petit rire.

– Ce n'est pas drôle !

– On ne peut pas dire que je me sois ménagée, ces derniers temps.

– Tais-toi ! Depuis cette nuit, je n'arrête pas de me le reprocher.

– Il ne faut pas, mon chéri. J'ai eu plus de bonheur en ces quelques jours que durant toute ma vie passée.

– C'est vrai ?

– Tu le sais bien.

Un peu de rouge monta à ses joues. Machinalement, elle tripotait son collier. Il posa un baiser sur le front moite.

– Je peux entrer ? fit une petite voix.

Etienne se redressa : il avait oublié la fillette.

– Entre, ma chérie, dit grand-mère d'un ton las.

– Tu ne te lèves pas ?

– Non, pas aujourd'hui, je dois me reposer. Tu vas être bien sage, n'est-ce pas ?

Perle acquiesça et s'éloigna à regret.
– Je pourrai revenir plus tard ?
– Oui, plus tard.

Forte de cette promesse, l'enfant s'en alla vers la rivière. Elle marchait en fouettant les herbes de son bâton. Dans le petit bois, il y avait une forte odeur de champignons et de mousse. Tiens, les châtaignes commencent à tomber. On entend des coups de feu : la chasse est ouverte. Bientôt, elle accompagnerait Etienne qui était un fameux fusil et qui réussissait le civet de lièvre comme personne. Elle saliva rien qu'à y penser. Un couple de lapins détala devant elle. Malgré sa gourmandise, cela lui fit plaisir qu'ils eussent échappé aux chasseurs. Elle poursuivit sa promenade, cueillit les dernières mûres et s'en barbouilla. La roue du moulin tournait toujours. Perle la regarda avec ennui. Elle ramassa des cailloux et tenta de faire des ricochets sans autre effet que de déranger les grenouilles. Elle entendit une cloche. Les gens d'ici disaient que c'était la cloche de l'église du village englouti : on l'entendait quand quelqu'un allait mourir. Elle revit grand-mère, allongée dans son lit. Son cœur s'affola, mais elle refusait de l'écouter. Elle revint sur ses pas en traînant les pieds. Perle porta ses mains à ses oreilles : la cloche ne cessait de sonner. Elle courut, la bouche ouverte. Elle apercevait la maison : tout avait l'air si calme.

Essoufflée, elle ralentit le pas. Le chien d'Etienne s'approcha la queue entre les jambes. Perle le caressa. L'animal s'aplatit sur le sol en gémissant. Perle sentit un grand froid s'abattre sur ses épaules. Elle s'avança vers la maison ; chaque pas lui demandait un effort qui l'épuisait. Elle s'arrêta devant la porte ouverte : tout était silencieux. Perle entra. Sur la table du salon, elle remarqua des papiers avec l'en-tête du docteur, des flacons. Elle se traîna jusqu'à la chambre où reposait grand-mère et la regarda longuement : comme elle était belle ! Les perles de son collier brillaient plus fort que d'habitude. Etienne se retourna. Son visage bruni et ridé était couvert de larmes.

– Perle, laissa-t-il échapper dans un sanglot.

La petite avait compris. Son cœur s'arrêta, elle chancela. Etienne la reçut dans ses bras et la déposa sur le canapé qui faisait face au lit. Le berger tapotait les joues pâles qui se coloraient peu à peu. Perle ouvrit les yeux, un flot de larmes s'en échappa. L'homme la serrait contre lui, mêlant ses pleurs aux siens. Longtemps ils restèrent enlacés, le chien à leurs pieds.

– Je peux l'embrasser ? demanda Perle.

– Bien sûr. Ses dernières paroles ont été pour toi. Elle te lègue cette maison et ses perles...

– Ses perles ?

– Oui, elle y tenait beaucoup. Elle aimerait que tu les portes quand tu seras plus grande.

– Je ne pourrai pas ! sanglota l'enfant.

Etienne déposa un baiser sur ses cheveux.

– Plus tard, tu seras heureuse de les porter, en souvenir d'elle...

– Tu crois ? fit-elle faiblement.

Il ne répondit pas. Perle se leva et s'approcha du lit. Comme grand-mère était belle ! se redit-elle. Son visage était calme, reposé. Perle caressa la joue et retira brusquement sa main.

– Elle est froide ! s'écria-t-elle avec effroi.

Quelqu'un était entré dans la pièce : Madame Bertrand, la plus proche voisine de grand-mère, une forte femme qui n'avait pas sa langue dans sa poche. Elle tenait un bouquet de tournesols. L'éclatante couleur des fleurs semblait vouloir repousser la tristesse des lieux. Madame Bertrand regarda en silence sa vieille amie, une lourde larme glissa le long de sa joue. Avec des gestes hésitants, elle déposa les fleurs sur le lit. D'autres personnes étaient entrées. Dehors, il faisait un temps magnifique.

– Viens, dit Etienne à Perle, j'ai quelque chose à te montrer. Les femmes vont s'occuper de ta grand-mère.

Perle lui jeta un regard affolé : qu'allait-on faire à grand-mère ? Elle suivit cependant son vieil ami sans poser de question.

Elle marcha à ses côtés, lasse, si lasse. Arrivé devant la maison croulant sous les roses, Etienne lui fit signe d'attendre. Elle s'assit sur le banc, devant les rosiers. Des pétales tombaient mollement. Le berger ressortit et montra à Perle la porte. Elle s'avança, resta un instant immobile sur le seuil : il faisait sombre à l'intérieur.

Peu à peu, ses yeux s'habituèrent à la pénombre. Grand-mère était là, qui lui souriait. Perle s'élança vers le grand portrait posé sur un chevalet. Les mains jointes, elle le contemplait, fascinée. Elle avait l'impression que grand-mère allait se lever et se diriger vers elle en souriant. A côté, il y avait un autre portrait, plus petit. Une jeune ondine, les yeux clos, flottait au milieu de plantes aquatiques : elles se ressemblaient.

– C'est celui qu'elle préférait. Qu'en penses-tu ?

– Je ne sais pas. Celui de grand-mère est très beau. Tu me le donnes ?

– Il est à toi, répondit-il d'une voix enrouée.

Etienne emballa le tableau dans une couverture. D'un coup, la pièce sembla vide.

Ils retournèrent vers la maison tandis que le soleil se couchait dans une somptueuse mise en scène. Des cierges brûlaient de chaque côté du lit où grand-mère semblait dormir : elle ne portait plus son collier. A la demande de Perle, Etienne déballa le portrait et le posa sur la cheminée. La présence de grand-mère envahit la chambre.

Madame Bertrand avait préparé un repas qu'ils prirent sous la tonnelle. Une étoile traversa le ciel. Le chant des cigales emplit l'air. Les convives mangèrent en silence. Etienne s'absenta quelques instants et revint avec un bel écrin qu'il tendit à Perle. Le cœur battant, elle l'ouvrit. Les perles brillaient, tièdes et vivantes. L'enfant les fit glisser entre ses doigts, elle aimait le petit bruit qu'elles faisaient quand elles s'entrechoquaient. Elle referma l'écrin. La lune était haute, les chauves-souris volaient bas ; c'était une belle soirée de l'été finissant, les vacances se terminaient sous une pluie d'étoiles filantes.

2

La grande maison de pierres sèches semblait endormie sous la lumière hivernale. Dans le ciel d'un bleu insolent, passaient des corneilles poussant leur vilain cri.

Les pas résonnaient sur le sol gelé. Des bouches, s'échappait une vapeur. L'air était piquant, la réverbération brûlait les yeux. Une jeune femme, emmitouflée de laine, suivie d'un vieil homme et de son chien, marchait vers la maison. A mesure qu'elle s'en approchait, elle remarquait l'herbe qui avait envahi la terrasse, le lierre qui s'était glissé sous les volets, les tuiles arrachées. La visiteuse s'immobilisa.

– Je t'avais dit que la maison était en mauvais état, fit l'homme.

– C'est vrai, mais je ne pensais pas que c'était à ce point-là. Pourquoi ne t'en es-tu pas occupé ?

– Je n'avais pas le cœur à revenir ici.

– Tu y reviens bien avec moi.

– Quand tu es là, je la revois. Tu lui ressembles tant !

– Tu as la clé ?

L'homme fouilla dans sa poche et ressortit une grosse clé qu'il lui tendit.

Après plusieurs essais, la porte s'ouvrit. Un air froid et humide leur sauta au visage. Ils restèrent un instant immobiles sur le seuil.

– Entrons, dit enfin l'homme, tu vas prendre froid.

Il poussa sa compagne et referma la porte.

– Ne bouge pas, j'ouvre les contrevents. Assieds-toi, je vais faire une flambée.

La jeune femme regardait autour d'elle. Sous la couche de poussière qui les recouvrait, elle reconnaissait chaque meuble, chaque bibelot. Tout semblait pétrifié. Elle avait l'impression d'être dans la maison de la Belle au Bois Dormant et qu'un Prince Charmant allait venir la réveiller.

Le feu prit d'un seul coup dans la cheminée. Une bouffée de chaleur arriva jusqu'à elle. Tout redevint vivant. Elle s'approcha des flammes et tendit ses mains. L'homme avait retiré sa grosse veste.

– Tu devrais en faire autant. Je vais voir si je peux trouver quelque chose à boire.

Il poussa une porte en habitué des lieux.

– J'ai trouvé une bouteille de vin et des épices. Qu'est-ce que tu dirais d'un bon vin chaud ? cria-t-il de la cuisine.

– Bonne idée, répondit-elle. Dommage qu'on n'ait ni citron ni orange.

– On fera sans.

Il revint, portant la bouteille, une casserole, la boîte à sucre et des flacons d'épices qu'elle reconnut avec un serrement de cœur. Il avait déniché un trépied sur lequel il posa la casserole. Avec le tire-bouchon de son couteau, il ouvrit la bouteille, en renifla le contenu.

– Il a l'air bon.

Il en versa la moitié dans la casserole, ajouta des clous de girofle, râpa la noix de muscade et jeta quelques morceaux de sucre. Bientôt l'odeur du vin chaud se répandit dans la pièce. Il alla chercher des verres, les essuya à l'aide de son mouchoir et les posa sur un guéridon.

– A ton retour, Perle, dit-il en lui tendant un des verres.

Ils burent.

– Ce n'est pas mauvais, firent-ils ensemble.

Ils éclatèrent de rire. Le chien jappa, pour marquer son contentement. La maison semblait plus joyeuse malgré la poussière et les toiles d'araignées.

– Tu es sûre que tu veux venir t'installer ici ? demanda Etienne.

– Oui.

– Tu y seras bien seule.

– Je ne serai pas seule puisque tu es là.

– Je suis là, je suis là, comme tu y vas ! J'ai mon travail et mes bêtes !

– Tu viendras me voir quand tu voudras. Je vais faire remettre le téléphone. Et toi, vieil ours, tu ne l'as toujours pas ?

– Qu'est-ce que tu crois ? répliqua-t-il en tirant un portable de sa poche.

Le rire de Perle fusa à nouveau.

– Tu es plus moderne que moi, mon

Etienne. Comme ça, je pourrai t'appeler n'importe où.

– Pas trop, cette fichue sonnerie fait peur aux bêtes.

– Elles s'habitueront. Tu t'y es bien mis, toi ! Aide-moi à retirer ces housses. Je vais les emporter à la laverie. Demain, je demanderai que l'on remette l'électricité, j'irai acheter un aspirateur et des produits d'entretien. On reviendra après-demain. Ça te va ?

– Est-ce que j'ai le choix ? Tu es bien comme ta grand-mère !

– Connais-tu quelqu'un qui pourrait repeindre la maison, monter des bibliothèques, s'occuper du jardin ?

– Il n'y a plus personne, maintenant, pour ce genre de travaux.

– Pas même un artisan ?

– Pas même.

– Et faire la cuisine, peut-être ?

– Non, je ne connais pas cet oiseau rare.

– Tu m'aideras à le trouver.

– Eh bien voyons ! En attendant, j'ai apporté un casse-croûte et une bonne bouteille de vin, tu m'en diras des nouvelles.

Ils déjeunèrent de bon appétit.

Le lendemain, Perle passa la journée dans la ville voisine à acheter divers produits, à faire des provisions, demandant chez chaque commerçant s'il connaissait quelqu'un qui pourrait l'aider.

– Pour les bibliothèques et la peinture, pas de problème, il y a Jacques le menuisier et Vincent le plombier. Ce sont de bons artisans, travailleurs et honnêtes. Je leur dirai d'aller chez vous. A la fin de la semaine, ça vous ira ?

Ça lui allait très bien. Fatiguée, elle décida de s'en retourner à l'Hôtel de France où elle avait pris une chambre. Comme elle traversait la place, un grand chien, sorte de briard bâtard, vint vers elle, la flaira et se dressa sur ses pattes arrière. Perle recula en poussant un cri. Un garçon hirsute, qu'elle n'avait pas remarqué, s'approcha.

– Ne craignez rien, mademoiselle, il veut jouer. Gamin, viens ici.

Le chien remua la queue mais continua ses aboiements en tournant autour de Perle.

– Gamin, arrête ! Tu vois bien que la demoiselle ne veut pas jouer.

Il jeta loin devant lui le bâton qu'il tenait à la main.

– Va chercher !

Le chien cessa son jeu et détala pour chercher le bâton.

– Il ne fallait pas avoir peur, c'est un bon chien, un peu joueur.

Le jeune homme, une sorte de vagabond, la regardait avec un air moqueur. Sous la broussaille de ses cheveux luisaient deux yeux d'un bleu de mer lointaine et une bouche souriait, découvrant des dents étonnamment blanches. Perle lui rendit son sourire.

– Vous n'êtes pas d'ici, lui dit-il.

– Vous non plus, cela s'entend.

– Ah ! ce fichu accent. Je n'arrive pas à m'en débarrasser.

– Il est très bien, votre accent. D'où êtes-vous ?

– De La Nouvelle-Orléans. Et vous ?

– De Paris, mais je m'installe ici.

– Pourquoi ici ?

– J'aime ce pays. Excusez-moi, je dois m'en aller.

– Déjà ? On vient à peine de faire connaissance. Gamin, couché ! J'aimerais vous offrir un verre. Ne dites pas non. Il y a des jours que je n'ai parlé à personne.

Il est attendrissant, se dit Perle.

– D'accord, s'entendit-elle répondre.

Il eut un rire d'enfant qui acheva de l'attendrir.

– Attendez... Gamin... Il va garder mes bagages.

Il attacha le chien à un sac à dos posé au pied d'un arbre près d'une guitare. Il revint vers elle en passant sa main dans ses cheveux.

– Pas loin d'ici, j'ai découvert un bistrot comme on n'en trouve plus.

Oubliant sa fatigue, elle le suivit dans les ruelles de la vieille ville.

Il avait raison, un bistrot comme celui-là, même dans un trou perdu, ça ne se trouvait plus. Le patron semblait sortir d'un roman de Simenon, la salle, le comptoir et les clients aussi, bel échantillon d'humanité en voie de disparition. Il vint à eux, un torchon sale à la main et un mégot aux lèvres.

– J'vous sers quoi ?

– Sers-nous le blanc d'hier, il était pas mal.

– Ça vous va, un verre de vin blanc ?

Il se leva et se dirigea vers un antique juke-box, fouilla dans les poches de son jean et glissa une pièce dans la fente de l'appareil. La voix d'Elvis Presley s'éleva, incongrue dans cet endroit.

– Le patron est un fan du King, il a tous ses disques. Vous aimez Presley ?

– Oui, celui des années cinquante-soixante.

– Comme moi, fit le patron en s'asseyant à leur table. Vous aimez Elvis, alors c'est ma tournée. Fifine, apporte-nous la charcuterie et les cabécous. Vous allez m'en dire des nouvelles, ma p'tite dame.

Une serveuse, qui aurait pu être jolie, sans

son air souffreteux et soumis, s'approcha avec un panier de victuailles.

Ce n'est plus Simenon, se dit Perle, mais Hugo ou Eugène Sue, j'adore !

– Santé ! fit le patron.

– Santé, dirent en chœur la jeune femme et son compagnon.

Pendant un moment, ils burent en silence.

– Je m'appelle Michael et vous ?

– Perle.

– Perle ?... C'est joli.

– Merci. Que faites-vous dans le coin ?

– Je me promène.

– En plein hiver ? Vous auriez dû attendre l'été. L'été, ici, est magnifique.

– Alors j'attendrai l'été.

Perle le regarda attentivement : surtout, ne pas se laisser embarquer dans une histoire avec ce séduisant vagabond. Comme s'il avait lu dans ses pensées, il demanda :

– Je cherche du travail, n'importe quoi. Vous n'auriez pas quelque chose pour moi ?

L'espace d'un instant, elle se dit : Il pourrait m'aider à retaper la maison. Mais aussitôt, la petite voix de la raison lui murmura : Tu ne vas pas t'embarquer avec un inconnu !

– Non, répondit-elle. Comme je vous l'ai dit, je viens d'arriver.

– Et vous, patron, vous n'auriez pas un boulot pour moi ?

– Mon gars, si c'était l'été, peut-être et encore... on n'aime guère les étrangers ici. Reviens à la belle saison.

– D'ici là, j'ai le temps de mourir de faim.

– Ça, c'est ton problème, mon gars. Mais t'as une bonne tête, malgré tes cheveux longs. Va voir de ma part le père Bertrand, il a une affaire de déménagement et recherche des gars costauds. Il est sur la place, tu ne peux pas te tromper, son nom est écrit en grosses lettres sur la façade.

– Merci bien.

Un groupe de jeunes gens entra, riant, se bousculant.

– A boire, tavernier ! ordonna celui qui semblait le chef de la petite bande.

Ils s'installèrent, joyeux, non sans avoir jeté des regards intéressés sur Perle.

– Ce n'est pas souvent qu'on voit de jolies femmes ici, déclara le chef en dévisageant effrontément Perle.

Agacée, elle se détourna.

– Je dois rentrer, dit-elle. Merci pour le verre. J'espère que vous trouverez du travail.

– Ne partez pas déjà. Quand pourrai-je vous revoir ?

Elle hésita.

– Demain, c'est le marché. J'irai vers onze heures.

– J'y serai.

Ils se levèrent tandis qu'il fouillait dans ses poches d'où il retira une poignée de pièces de monnaie, qu'il posa sur la table.

– Au revoir, firent-ils en même temps.

Le chien n'avait pas bougé. Quand il vit son maître, il bondit en agitant sa queue et en aboyant de joie. Après s'être serré la main, ils se quittèrent. Perle regagna son hôtel où elle prit un bain. Lasse, elle fit monter un léger repas dans sa chambre et s'endormit très vite.

Le lendemain, il faisait encore plus froid. Sur la place du village, les marchands, emmitouflés, soufflaient sur leurs doigts. Les clients, peu nombreux, achetaient rapidement ce dont ils avaient besoin. Malgré sa grosse veste de laine, ses gants et son bonnet,

Perle frissonnait en regardant autour d'elle. Au bout d'une vingtaine de minutes, elle renonça à attendre Michael et s'en retourna vers sa voiture. Le moteur tournait déjà quand le jeune homme surgit.

– Excusez-moi, le père Bertrand m'avait envoyé porter des colis.

– Montez, il fait un peu moins froid dans la voiture.

Il s'installa. Perle remarqua qu'il ne portait qu'un pull et une veste trop légère pour le temps qu'il faisait.

– Vous n'êtes pas assez couvert, vous allez prendre mal.

– J'ai l'habitude.

– Votre chien n'est pas avec vous ?

– Non, il garde mon bagage.

– Où avez-vous dormi ?

– Dans la remise de Bertrand.

– Avez-vous mangé ?

– Non.

– Je vous invite à déjeuner. Le restaurant de l'hôtel est très bon. Vous acceptez ?

– Avec plaisir.

La salle de restaurant était encore vide. Un garçon s'approcha, les installa à une table près de la fenêtre et déposa les menus sur la nappe à carreaux rouges et blancs.

– Voulez-vous un apéritif ? demanda-t-il.

– Non, merci, répondit Perle. Et vous, Michael ?

– Non, merci, je prendrai un peu de vin, si vous en prenez aussi.

– Aujourd'hui, dit le garçon, nous avons une potée, un canard rôti, du faisan, une dorade...

– Pour moi ce sera une potée, l'interrompit Perle.

– La même chose, fit Michael.

– En entrée, je vous apporte la terrine de

foie gras. Comme vin, je vous recommande un petit cahors dont vous me direz des nouvelles, décida le garçon.

– Très bien, merci, dit la jeune femme.

Le foie gras était délicieux et le vin tout à fait agréable. Quant à la potée, ils lui firent un sort. Quelques cabécous et une tarte aux pommes complétèrent le menu. Repus, ils burent leur café et fumèrent en silence.

Peu à peu, la salle s'était remplie de gens frigorifiés qui s'étaient bruyamment attablés.

– Avez-vous l'heure ? demanda Michael. Je n'ai pas de montre.

– Deux heures, répondit-elle.

– Je dois y aller. Merci pour cet excellent déjeuner. La prochaine fois, c'est moi qui vous invite.

Perle le regarda quitter le restaurant ; il avait la démarche souple des marins. Sur le pas de la porte, il lui fit un signe de la main.

Perle commanda un autre café et alluma une cigarette. Autour d'elle, montait le bruit des conversations dont la plupart portaient sur le temps, le prix de l'essence, la guerre en Irak. Très vite, ce brouhaha lui fut insupportable. Elle se leva, regagna sa chambre et s'allongea sur le lit. Elle s'endormit en pensant à Michael.

Quand elle se réveilla, le ciel s'était assombri. Elle regarda l'heure à sa montre, il était quatre heures. Elle se leva, but un verre d'eau et s'habilla. Dehors, le temps s'était radouci. Elle monta dans sa voiture et alla chez Etienne. Le bonhomme cassait du bois devant la maison. Quand il vit la voiture, il s'arrêta.

– Je ne t'attendais plus, dit-il. Tu as vu l'heure ?

– Je sais, je me suis endormie après le déjeuner.

– Tu as bien fait. On est mieux au lit par un temps pareil. Entre, tu vas prendre froid.

A l'intérieur, un grand feu brûlait dans la cheminée. Cependant Etienne rajouta une bûche puis s'assit sur un tabouret près de l'âtre.

– Demain, l'électricité sera rétablie. J'ai commandé du charbon pour la chaudière que j'ai nettoyée. Elle est vieille mais peut encore marcher un an ou deux. As-tu trouvé un peintre et un menuisier ?

– Oui. Ils viendront demain matin. Je leur ai dit de passer chez toi prendre les clés. Dans l'après-midi, on va me livrer un réfrigérateur, une gazinière, une machine à laver la vaisselle et une autre pour laver le linge.

– Et la télévision ?

– Je préfère écouter de la musique. J'ai apporté ma chaîne.

– Dommage, je serais venu la regarder le soir.

– Pourquoi n'en achètes-tu pas une ?

– Je vais y penser. Tu veux boire quelque chose ?

– Non, merci. As-tu continué à peindre ?

– Pas vraiment. Je n'ai guère le temps et l'inspiration me manque.

– Pourquoi as-tu refusé d'exposer à Paris ?

– Je n'ai pas envie de montrer mon travail.

– Tu as tort. Ce que tu fais est remarquable.

– Tu trouves ?

– Arrête de faire ta coquette ! Tu le sais bien. Grand-mère disait que tu étais un très grand peintre.

– Elle était trop indulgente.

Perle haussa les épaules. Ils restèrent silencieux en regardant les flammes. La nuit était tombée. Dehors, le vent soufflait en rafales.

– Il va y avoir la tempête cette nuit, fit Etienne, comme se parlant à lui-même.

– Je vais rentrer à l'hôtel.

– Tu peux passer la nuit ici, si tu veux.

– Non, merci. J'ai envie de me coucher de bonne heure pour être là tôt demain.

– Comme tu voudras.

Arrivée dans la petite ville, elle traversa la place en se tenant courbée pour résister aux bourrasques. Elle prit une épaisse soupe aux choux et monta se coucher.

Le lendemain, le vent avait chassé les nuages, le soleil brillait ; il faisait un temps froid et sec. A l'épicerie du coin, Perle fit de grandes provisions.

– Avec tout ça, vous allez pouvoir soutenir un siège, remarqua le commerçant.

– Il faut tout prévoir, rétorqua Perle en

riant. Pouvez-vous me livrer du vin, de l'eau et des jus de fruits ?

– Pas de problème. J'ai du vin de la région de toute première qualité en blanc et en rouge.

– Mettez-m'en trois caisses de chaque.

– Vous ne serez pas déçue.

L'épicier l'aida à charger le coffre de sa voiture.

Comme elle arrivait à la maison, la neige se mit à tomber à gros flocons. A l'intérieur, Etienne s'entretenait avec deux hommes, le menuisier, Jacques, et le plombier, Vincent.

– Les travaux peuvent commencer la semaine prochaine. Si tout va bien, ils seront terminés dans quinze jours. Cela te va ?

– Très bien. Et pour les peintures ?

– Je m'en charge, répondit Etienne, et Jacques me donnera un coup de main. On a livré le fioul ; j'ai pu allumer le chauffage.

Bientôt, il fera bon. Ah, j'oubliais : une espèce de vagabond a demandé après toi, Michael, il a dit qu'il s'appelait. Tu le connais ?

– Oui. Quand va-t-il revenir ?

– Je n'en sais rien, il est parti du côté du moulin.

– J'y vais. S'il revient par un autre chemin, tu le fais entrer.

Sans attendre la réponse, Perle sortit. Une bourrasque de neige la fit chanceler. Ses pieds s'enfoncèrent dans une couche blanche déjà épaisse ; bientôt, il ferait nuit. Au bout de quelques pas, essoufflée, aveuglée par les flocons, elle s'arrêta.

– Michael !...

Après deux ou trois appels, elle renonça et revint sur ses pas.

Etienne avait raison : il faisait bon dans la maison. Elle posa sa main sur un radiateur : il était brûlant. Un grand feu illuminait le salon. Elle passa de pièce en pièce à la recherche d'Etienne ; le berger semblait s'être volatilisé. Sur le buffet de la cuisine, elle découvrit un mot griffonné : « Je reviendrai demain, je t'embrasse. Etienne. »

Elle s'assit sur le canapé, face à la cheminée, s'enveloppa d'une couverture et s'endormit. Le jappement d'un chien la réveilla. Près d'elle, Gamin la regardait, la tête penchée.

– Tu l'as réveillée !

Perle se redressa et découvrit Michael qui la contemplait d'un air penaud. Elle éclata de rire.

– Ne faites pas cette tête-là. Où étiez-vous ? je vous ai cherché tout à l'heure.

– Je me suis perdu ; c'est Gamin qui a retrouvé le chemin. J'ai frappé et, comme personne ne répondait, je suis entré. Vous dormiez si bien... Je vous ai regardée dormir.

Perle remarqua qu'une flaque d'eau s'était formée sous ses pieds.

– Vous allez prendre froid. Otez vos vêtements, je vous prépare un bain. Suivez-moi.

Le jeune homme obéit.

– Tenez, je n'ai pas de vêtements d'homme mais voici un peignoir de bain qui devrait être à votre taille. Déshabillez-vous et donnez-moi vos affaires, je vais les faire sécher.

Quand il revint, enveloppé dans le peignoir, ses cheveux peignés en arrière, il avait l'air d'un gamin.

– Asseyez-vous, ordonna-t-elle en désignant le canapé. J'ai préparé du vin chaud, c'est souverain contre la grippe.

Assis l'un à côté de l'autre, ils burent en silence.

– C'est fameux, déclara-t-il en faisant claquer sa langue.

Perle se leva et alluma la radio : la voix de Benny Moré envahit la pièce. Les hanches de la jeune femme ondulèrent au son de la voix chaude. Elle se retourna vers son compagnon.

– Tu viens danser ?

– Comme ça ? fit-il en désignant sa tenue.

Pour toute réponse, elle tendit les bras.

Il se révéla un excellent danseur. Tout naturellement, leurs corps s'épousaient au rythme de la rumba. Le peignoir tomba. Il était maintenant nu contre elle. A travers ses vêtements, elle sentait son sexe dressé.

Je suis folle ! pensa-t-elle en accentuant son mouvement.

– Arrête, supplia-t-il, haletant.

Elle eut un petit rire.

N'y tenant plus, il la souleva et la jeta sur le canapé. Maladroitement, il tenta de dégrafer son pantalon. Devant son manque d'efficacité, elle lui prêta main-forte et fit glisser le vêtement. D'un même geste, elle retira ses épaisses chaussettes de laine. Il lui arracha son pull-over, puis son soutien-gorge et sa culotte ; elle frissonna.

– Tu as froid ? s'inquiéta-t-il.

Pour toute réponse, elle se blottit contre lui.

Des aboiements furieux les réveillèrent en sursaut : le chien d'Etienne et celui de Michael s'affrontaient, babines retroussées et gueules bavantes. Nu, Michael bondit du lit.

– Gamin, arrête !

Le chien s'immobilisa un bref instant, regarda son maître et se jeta sur son adversaire qu'il prit à la gorge. D'un coup de bâton,

Etienne lui fit lâcher prise. Gamin recula en geignant comme un chiot.

– Ne lui fais pas de mal, supplia Perle, c'est un gentil chien.

– Un gentil chien !... Tu as vu ses crocs ?

– Il voulait me protéger.

– Te protéger !... Contre Fifi !... Habille-toi, tu grelottes.

Perle se rendit compte qu'elle était nue et se glissa sous les couvertures. Elle éclata de rire en remarquant Michael qui tentait de cacher son sexe derrière ses mains.

– Je te présente Michael. Michael, je te présente Etienne.

– Bonjour, firent-ils sans aménité.

– C'est une idée ou je sens le café ?

– J'ai voulu te faire une surprise, je suis allé acheter des croissants et j'ai préparé le café.

– Tu es génial ! Je meurs de faim. Pas toi, Michael ?

– Si, bien sûr.

– Si j'avais su que tu avais un invité, j'aurais pris davantage de croissants.

– Ne vous en faites pas pour moi, monsieur...

– Je m'appelle Etienne.

– Bien, Etienne.

– J'aime mieux ça. J'ai aussi apporté du pain et de la terrine de la mère Cadiot. Tu t'en souviens des terrines de la mère Cadiot ?

– Et comment !

– Alors, à table !

Le repas fut très gai. Etienne et Michael, après un instant d'observation, devinrent les meilleurs amis du monde, à l'instar de leurs chiens qui se partagèrent un plat de viande sans le moindre grognement.

Le lendemain se succédèrent les différents corps de métier. Les deux nouveaux amis mirent la main à la pâte et, en un clin d'œil, la vieille maison rajeunit de vingt ans. De son côté, Perle accrochait les rideaux, recouvrait les canapés et disposait des coussins multicolores. La fin des travaux donna lieu à une sorte de banquet où les ouvriers furent conviés. On parla longtemps dans la région de l'hospitalité de Perle.

Bientôt l'hiver s'éloigna, les premières violettes embaumèrent les chemins, les arbres fruitiers se couvrirent de fleurs et le feu dans la cheminée ne flamba qu'à la nuit tombée. Il régnait dans la maison une atmosphère de gaieté : Etienne sifflait, un pinceau à la main,

Michael l'accompagnait à la guitare ou à l'harmonica tandis que Perle, qui embellissait de jour en jour, rangeait les livres dans les nouvelles bibliothèques. Et puis ce fut l'été, un été rayonnant, aux matins frais et joyeux. Les bains dans la rivière reprirent, et les longues soirées dans la douceur des nuits constellées d'étoiles.

Un matin, Perle partit pour la ville consulter un médecin : depuis quelques jours, au réveil, elle avait des nausées. Le diagnostic du docteur fut celui espéré : elle attendait un bébé. La joie d'Etienne fut presque aussi grande que celle du futur père qui parcourait la maison en criant :

– Ce sera une fille !

En attendant la venue de l'enfant, les amants ne cessèrent de s'aimer. Jamais les seins lourds de Perle n'avaient été aussi sensibles aux caresses et ils se tendaient, insolents, vers les lèvres de Michael qui les saisissait avec voracité, malmenant leurs pointes brunâtres, les mordillant, arrachant à Perle des cris de plaisir.

Le 15 août, le jour se levait à peine quand Perle ressentit les premières douleurs. Affolé, Michael n'arrivait pas à mettre le moteur de la voiture en route. Ce fut dans l'antique 2 CV d'Etienne qu'ils partirent pour l'hôpital. Mais en chemin, comme sonnaient les cloches annonçant le début de la messe, le bébé se fit pressant. En hâte, Michael aida Perle à descendre de voiture et à s'allonger à l'ombre d'un chêne. Etienne continua la route pour chercher le médecin. La jeune femme, oubliant sa souffrance, réconfortait son compagnon qui faisait peine à voir. Les contractions étaient maintenant très rapprochées ; et Etienne qui ne revenait pas !... Soudain, Perle poussa un grand cri ; elle eut l'impression que son corps se déchirait en deux. Elle se redressa et vit son enfant qui agitait bras et jambes en poussant des hurlements. Les cloches carillonnaient, c'était la fin de la messe. A ce moment-là, la 2 CV d'Etienne s'arrêta dans un nuage de poussière suivie de celle du médecin qui descendit, sa trousse à la main.

– Je vois que j'arrive trop tard et que cette petite coquine ne m'a pas attendu.

Après avoir coupé le cordon ombilical et enveloppé le nouveau-né, il le mit entre les bras de sa mère. Aussitôt, la petite fille se tut, bâilla et s'endormit.

– Comment allez-vous l'appeler ? demanda-t-il.

Perle et Michael se regardèrent. Etienne se grattait le crâne d'un air songeur.

– Si on l'appelait Marie puisque, aujourd'hui, c'est le jour de la Sainte Vierge ? proposa Michael.

– C'était aussi le prénom de grand-mère, fit doucement Perle.

– C'est vrai, fit Etienne en détournant les yeux pour cacher ses larmes.

DU MÊME AUTEUR

Aux Éditions Albin Michel

POUR L'AMOUR DE MARIE SARLAT, roman, 1986.

LA SORCIÈRE DE BOUQUINVILLE, livre pour enfants, illustré par Luc Turlan, 2003.

Aux Éditions Fayard

BLANCHE ET LUCIE, roman, 1976.

CONTES PERVERS, nouvelles, 1980.

LA RÉVOLTE DES NONNES, roman, 1981.

LES ENFANTS DE BLANCHE, roman, 1982.

LOLA ET QUELQUES AUTRES, nouvelles, 1983.

SOUS LE CIEL DE NOVGOROD, roman, 1989.

LA BICYCLETTE BLEUE, roman, 1981.

101, AVENUE HENRI-MARTIN, (*La Bicyclette bleue*, tome II), roman, 1983.

LE DIABLE EN RIT ENCORE (*La Bicyclette bleue*, tome III), roman, 1985.

NOIR TANGO (*La Bicyclette bleue*, tome IV), roman, 1991.

RUE DE LA SOIE (*La Bicyclette bleue*, tome V), roman, 1994.

LA DERNIÈRE COLLINE (*La Bicyclette bleue*, tome VI), roman, 1996.

PÊLE-MÊLE, CHRONIQUES DE *L'HUMANITÉ* (tome I), 1998.

CUBA LIBRE ! (*La Bicyclette bleue*, tome VII), 1999.

PÊLE-MÊLE, CHRONIQUES DE *L'HUMANITÉ* (tome II), 1999.

RENCONTRES FERROVIAIRES, nouvelles, 1999.

CAMILO, portrait du révolutionnaire cubain Camilo Cienfuegos, 1999.

PÊLE-MÊLE, CHRONIQUES DE *L'HUMANITÉ* (tome III), 2000.

ALGER, VILLE BLANCHE (*La Bicyclette bleue*, tome VIII), roman, 2001.

PÊLE-MÊLE, CHRONIQUES DE *L'HUMANITÉ* (tome IV), 2002.

LES GÉNÉRAUX DU CRÉPUSCULE (*La Bicyclette bleue*, tome IX), roman, 2003.

PÊLE-MÊLE, CHRONIQUES DE *L'HUMANITÉ* (tome V), 2004.

Aux Éditions Stock

LES POUPÉES DE GRAND-MÈRE, en collaboration avec Nicole Botton, 1994.

LE TAROT DU POINT DE CROIX, en collaboration avec Éliane Doré, 1995.

MA CUISINE, anciennes et nouvelles recettes de Régine Deforges, album illustré, 1996.

LES NON-DITS DE RÉGINE DEFORGES, entretiens de Régine Deforges avec Lucie Wisperheim, 1997.

CES SUBLIMES OBJETS DU DÉSIR, en collaboration avec Claudine Brécourt-Villars, 1998.

Aux Éditions du Seuil

CE SIÈCLE AVAIT TROIS ANS, journal de l'année 2003, 2004.

Aux Éditions du Rocher

L'ÉROTIQUE DES MOTS, entretiens en collaboration avec Chantal Chawaf, 2004.

Aux Éditions Jean-Jacques Pauvert

O M'A DIT, entretiens avec l'auteur d'*Histoire d'O*, Pauline Réage, 1995.

Aux Éditions du Cherche-Midi

POÈMES DE FEMMES, anthologie, 1993.

Aux Éditions Calligram

LES CHIFFONS DE LUCIE, livre pour enfants, illustré par Janet Bolton, 1993.

L'ARCHE DE NOÉ DE GRAND-MÈRE, livre pour enfants, illustré par Janet Bolton, 1995.

Aux Éditions Mango

LA CHANSON D'AMOUR, anthologie, en collaboration avec Pierre Desson, 1999.

L'AGENDA DU POINT DE CROIX, 2004 : LES ANIMAUX, 2003.

Aux Éditions Blanche

L'ORAGE, roman, 1996.

ENTRE FEMMES, entretiens avec Jeanne Bourin, 1999.

Aux Éditions Spengler/Fayard

ROGER STÉPHANE OU LA PASSION D'ADMIRER, carnet I, 1995.

Aux Éditions Hoëbeke

TOUTES BELLES, photographies de Willy Ronis, 1992.

Composition IGS
Impression BCI en septembre 2004
Éditions Albin Michel
22, rue Huyghens, 75014 Paris
www.albin-michel.fr
ISBN : 2-226-15510-4
N° d'édition : 22734. – N° d'impression : 043788/1.
Dépôt légal : octobre 2004.
Imprimé en France.